DIYA LIM

Amandine
Le gâteau de mariage

À mon époux

ILLUSTRATIONS : GENEVIÈVE KOTE

Dominique et compagnie

Les héros

Maman
Elle sent toujours bon,
comme les gâteaux
de notre boulangerie-
pâtisserie où elle travaille
pendant de longues
heures à la caisse.

Papa
Le plus beau et
le meilleur chef pâtissier
que je connaisse. Dans
son atelier, il confectionne
du pain et des pâtisseries
à ravir tous les gourmands.

Amandine
C'est moi ! Gourmande,
j'adore jouer à la petite
cuisinière. Mon rêve
le plus cher : devenir
boulangère-pâtissière.

Nona

Ma gardienne. Quand
mes parents travaillent
tard, c'est Nona qui m'aide
à faire mes devoirs, joue
avec moi et me cuisine
de bons petits plats.
Sa passion : la couture.

Fabrizzio

Le fiancé de Nona.
Originaire de l'Italie,
il enseigne dans
une école secondaire
de notre quartier.

Enzo

Garçon d'honneur italien
au mariage de Nona
et Fabrizzio.

CHAPITRE 1

Des rêves de petites filles

Nona, ma gardienne adorée, va bientôt se marier. Ce soir, elle m'a demandé :

– Amandine, veux-tu être ma demoiselle d'honneur ?

– Ouiii, ouiii, ouiii! Youpi!

J'ai fait des bonds

dans le salon.   *Youpi!*

Comme Nona est

passionnée par la couture,

c'est elle qui créera sa robe

de mariée et ma robe

de demoiselle d'honneur.

Alors, en attendant le retour

de mes parents à la maison,

ma gardienne et moi

épluchons des revues
de mode pour le mariage.

   Quelle excitation!

Nous poussons des oh!

et des ah! chaque fois

qu'une robe nous plaît.

Et il y en a tellement:

longues, mi-longues,

blanches, colorées,

avec traîne,

sans traîne, avec

manches, sans manches…

Mes yeux se régalent
devant tant de variété.
Voiles, tulles, perles
et dentelles se succèdent
au fil des pages.
– Dis, Nona,
pourquoi on n'achète pas
nos robes au centre-ville?
Des boutiques chics,
je sais qu'il n'en manque
pas là-bas.

– Parce que je tiens
à les réaliser de A à Z,
me répond Nona en
souriant. Faire les choses
soi-même, ça rend heureux!

Ça, c'est une phrase que
j'ai souvent entendue dans
la bouche de mes parents!
Dans notre boulangerie-
pâtisserie familiale, papa est
fier de tout confectionner
avec son équipe d'apprentis.

Pains, petits fours, gâteaux
et viennoiseries.

– Mais ces broderies
et ces volants, ce doit être
difficile à faire…

– Certains modèles
sont compliqués, d'autres
non, réplique Nona.
Oh ! Regarde cette robe.
Je pourrais m'en inspirer !

Je m'étire pour mieux voir
la photo. Une jolie dame,

paupières mi-closes, sourit
dans sa tenue de mariée.
Je lis la description :
   « Bustier ajusté, décolleté
en V et jupe évasée.
Cheveux relevés et
maquillage discret.

Pour la femme romantique et moderne. »

Soudain, j'ai une pensée. Quelle sorte de femme deviendrai-je plus tard ? Oui, moi, Amandine Poulin. Vais-je ressembler **?** à maman ? À cette dame **?** sur la photo ? À quelqu'un d'autre **?**

– Ohé, Amandine ! Tu rêves !?

Ma gardienne me ramène à la réalité. Je lui fais un sourire en coin.

Elle me montre d'autres images de robes en me nommant différents styles : ballerine, princesse, sirène… En tout cas, en couture, elle s'y connaît !

Petit à petit, je comprends que ma gentille gardienne réalise enfin son rêve

de petite fille : coudre

elle-même sa robe

de mariée. Moi, je sais

qu'un jour je serai

boulangère-pâtissière.

C'est mon rêve de petite fille.

Des pinces
et des chatouilles

Sur l'une des pages
d'un magazine, je vois
des lignes, des pointillés
et des figures géométriques.
Il y a des trapèzes et
des rectangles. Mais surtout,

des triangles. Je fronce

les sourcils.

– Pourquoi fais-tu

cette tête-là, Amandine ?

me demande Nona.

   Je lui montre la page.

– Que font ces polygones

dans cette revue de mode ?

– Ah, ça ! C'est un patron,

m'apprend la couturière.

   Chez nous, c'est papa

le patron de notre

boulangerie-pâtisserie
familiale. Comme je ne
comprends pas bien
ce que vient de me révéler
Nona, je la questionne :
– Que veux-tu dire ?
– En couture, un patron est
tout simplement un plan
qu'on trace sur des feuilles
de papier. Pour obtenir
la robe que l'on veut,
poursuit Nona, il faut suivre

le plan. À chaque vêtement
son patron, vois-tu?

Je hoche la tête
et je déclare:

– Le patron, c'est comme
une recette de gâteau,
alors! À chaque gâteau,
sa propre recette!

– C'est ça, ma grande!

– À quoi servent
les triangles sur ce plan,
Nona?

– Bonne question,
Amandine! Les triangles
indiquent où coudre
les pinces.

Ça doit faire mal, ça!
J'ai déjà vu, dans un film,
une reine portant des robes
qui la serraient tellement
à la taille qu'elle avait
du mal à se courber!
– Hé! Moi, je n'ai pas envie
d'une robe qui me pince!

– Rassure-toi, Amandine!
Ce ne sont pas des pinces
de crabe! plaisante Nona
en me pinçant légèrement
le bout du nez. En couture,

Hi Hi!

les pinces sont
tout simplement
les plis qui se
trouvent à l'envers
d'un vêtement.

– Ah! Fiou, dis-je
en respirant mieux.

Nona sort un centimètre,

un carnet et un crayon

de son sac à main.

Puis, elle m'annonce :

– Viens ! Je vais prendre

tes mesures. Et ensuite,

nous allons préparer

ton plat préféré,

qu'en penses-tu ?

– Chouette !

Le centimètre, c'est

un long ruban de plastique

avec des chiffres dessus.
Comme sur une règle.
Nona le passe autour
de ma taille.

Ooouuuu, ça chatouille !
Ma gardienne-couturière
note des chiffres _Guili-guili !_
dans son carnet. Puis,
elle mesure le tour de
ma poitrine, de mes hanches,
de mes bras. Je me tortille
comme un ver de terre.

– Tiens-toi droite,
Amandine !

Hi ! Hi ! Hi !

– Hi ! Ça me fait guili-guili !

– C'est bientôt fini, je te le
promets. Si tu bouges trop,
les mesures seront faussées.

Elle note ensuite
la distance entre mon épaule
droite et ma taille. Puis
entre mon épaule droite
et mon genou droit.

– Maintenant, c'est sûr
que ta robe t'ira comme
un gant! s'exclame
la couturière, satisfaite.

Ouf! C'est fini.
Je peux enfin gigoter
autant que je veux!

CHAPITRE 3

Un jeu
de saute-valise

Dans la cuisine,
nous préparons des pâtes.
En attendant que l'eau
bouille, Nona coupe de l'ail
en lamelles. Elle me raconte
que, dans la famille

de Fabrizzio, toutes

les filles ont un trousseau.

Fabrizzio, c'est le futur

époux de Nona. Il est

originaire de l'Italie. Depuis

quelques années, il enseigne

l'italien dans une école

secondaire de notre

quartier. Je ne l'ai jamais

rencontré, mais je sais que

ma gardienne est folle

de lui! Je la questionne:

– Un trousseau ?

– C'est un ensemble
de pièces de linge neuf
que la jeune mariée
apporte chez elle.

L'eau bout dans la
casserole. Nona y fait couler
un filet d'huile. Moi, j'ajoute
une grosse cuillerée de sel.
Ensuite, j'ouvre une boîte
de spaghettis et je la passe
à ma gardienne qui plonge

les pâtes raides dans

le liquide en ébullition.

Nona les remue à l'aide

d'une fourchette

pour qu'elles ne collent pas.

– As-tu déjà préparé

ton trousseau, Nona ?

– Pas vraiment, me

répond-elle en versant

un peu d'huile d'olive dans

une poêle tiède. Mais dans

la famille de Fabrizzio,

qui habite encore en Italie,
on commence le trousseau
d'une fille dès sa naissance.
– Ça alors! dis-je,
tout étonnée.

Nona me sourit gentiment
en faisant revenir les lamelles
d'ail dans l'huile d'olive.
Une bonne odeur monte
aussitôt jusqu'à mon nez.
J'ai faim!

– Eh oui! À ton âge,
une fille aurait peut-être…
euh… disons… deux ou
trois valises toutes prêtes.

– Waouh! Et quelle sorte
de linge contiennent
ces valises?

Les spaghettis sont cuits.
Nona les sort de l'eau en
se servant d'une écumoire
et les transfère dans
la poêle. Elle les mélange

avec l'huile et l'ail.

Qu'est-ce que ça sent bon !

– Vêtements,

sous-vêtements, nappes,

serviettes de table, draps

et tout le tralala, précise

ma gardienne pendant

que je parsème les pâtes

de fromage râpé.

Tout ce dont la nouvelle

mariée aura besoin

dans sa nouvelle demeure !

Je n'en reviens pas.

J'imagine ma petite

chambre remplie

de valises. Il faudrait

jouer à saute-valise

pour grimper dans mon lit.

Les Italiennes, elles, doivent sûrement habiter de grandes, d'énormes maisons!

CHAPITRE 4

Des photos de gâteaux

Quelques minutes plus tard, j'ai devant moi un bol de spaghettis à l'emmental. Sans sauce. Un repas tout simple. Bien fumant. Comme je les aime !

Je m'apprête à plonger
ma fourchette dans ce mets
succulent quand maman
ouvre la porte d'entrée.

Chouette! Elle est arrivée
plus tôt que prévu!

Je cours à sa rencontre.
Aujourd'hui, elle m'a
rapporté une tranche
de gâteau à la limonade
rose. Super! Je la réserve
pour le dessert.

Dans la salle à manger, maman dépose un gros livre sur la table.
Je le reconnais aussitôt. C'est l'un des recueils de recettes préférés de papa. Il le range sur l'étagère spéciale à notre boulangerie-pâtisserie. À côté des médailles, des coupes et des photos souvenirs

des concours culinaires auxquels il a participé. Ce livre contient beaucoup de photos de gâteaux de mariage.

Mes parents ont décidé d'offrir à Nona son gâteau de mariage. Il sera signé *Amandine*, notre boulangerie-pâtisserie. Papa est le chef pâtissier réputé de notre quartier.

Les pièces montées,

il connaît ça.

   Nona est enchantée

de ce cadeau. Mais

si c'est facile pour elle

de trouver le modèle de sa

robe de mariée, on ne peut

pas en dire autant pour

son gâteau de mariage!

   Lorsqu'il faut choisir

le glaçage, le parfum,

la grandeur et la couleur,

Nona n'arrive pas à prendre
une décision. Pendant que
je savoure mes pâtes,
j'écoute les deux dames.
– Ces photos de gâteaux
pourraient t'aider…,

avance maman, voulant
guider Nona.

Mais en feuilletant le gros
bouquin, la jeune femme
soupire.

– Ah là là! Le gâteau
de mariage, c'est non
seulement le dessert, mais
aussi la pièce maîtresse
de toute la décoration!

– Dans ce cas, propose
maman, je vous invite,

Fabrizzio et toi, à venir
déguster des échantillons
de gâteaux à notre
boulangerie-pâtisserie.
Qu'en penses-tu ?
On se fixe un rendez-vous ?
  La bouche pleine
de spaghettis, je réponds :
– Bonne idée, momon !

Miam ! Miam !

CHAPITRE 5

Des bisous et des bêtises

La nuit est là. Je suis dans mon lit. Maman couvre mon visage de bisous.

– Alors, mon Amandine-en-nougatine sera une belle demoiselle d'honneur?

chantonne-t-elle avec
son joli accent du sud
de la France.

Elle remonte la couverture
jusqu'à mon menton
et ajoute :

– C'est drôlement gentil
de la part de Nona d'avoir
pensé à toi pour ce rôle.
Ça montre combien elle
t'aime et te fait confiance.

– Confiance ?

– Bien sûr, ma chouette.

Le jour de son mariage,

c'est très important

pour elle. Et, toi, en tant

que demoiselle d'honneur,

tu devras l'accompagner

pendant toute la cérémonie :

l'aider avec la traîne de

sa robe, passer la corbeille

pour la quête, distribuer

des pétales de fleurs,

des confettis en forme

de cœur ou du riz
que les invités lanceront
sur les nouveaux mariés
à la sortie de l'église…

Hé! Minute! Je n'avais pas

pensé à tout ça,
moi! Soudain,
des sirènes
sonnent l'alerte
dans mon cœur.

Maman s'apprête à sortir
de ma chambre.

– Dors bien, ma chérie,
me lance-t-elle sur le pas
de ma porte.

Je bredouille :

– Bonne nuit, maman.

Et moi qui croyais que
les enfants du cortège nuptial
ne faisaient que défiler
dans de beaux habits !

Et si j'étais incapable d'être
la demoiselle d'honneur
parfaite ? Et si je marchais

sur la traîne de la mariée? Et si je trébuchais pendant la quête? Et si, et si, et si...

J'ai les mains moites
en pensant aux bêtises
que je pourrais faire
ce jour-là. Mais je ne veux
pas décevoir ma gentille
gardienne que j'aime tant.
Il va falloir relever le défi.

Un point c'est tout.

CHAPITRE 6

Un amour de gâteau

Le jour de la dégustation
est arrivé. C'est la première
fois que je rencontre
le fiancé de ma gardienne.
Oui. Moi aussi, je suis là.
Je ne raterais cet événement

pour rien au monde !

La dégustation, c'est

ma partie préférée dans

le métier de pâtissier !

J'ai enfilé mon tablier blanc

et ma toque blanche

sur lesquels maman a brodé

mon prénom en rose

bonbon.

– Prenez votre temps,

dit maman aux fiancés.

Nous sommes tous
les quatre devant une table
installée dans le bureau
de l'arrière-boutique
de notre boulangerie-
pâtisserie. La porte est
fermée. De l'autre côté se
trouve l'atelier des cuisiniers
où travaillent papa
et les apprentis pâtissiers.

Je tourne autour de
la table comme une abeille.

Je ne sais plus par où
commencer. Je veux butiner.

Tous les petits morceaux
de gâteau paraissent
tellement bons. Plusieurs
assiettes sont disposées
sur la table. Des étiquettes
cartonnées indiquent
le nom de la pâte, de
la garniture et du glaçage.

Je renifle l'air autour
de ces gâteries comme

un chien. Je me lèche
les babines. Je salive.
Je me retiens de toutes
mes forces. Si j'étais vraiment
un chien, ma langue
pendrait jusqu'au sol !

Comme je ne suis ni chien
ni abeille, mais une future
pâtissière aux bonnes
manières, je laisse
les amoureux déguster
en premier.

J'entends la voix
chaleureuse de Fabrizzio
derrière moi qui dit :
– Vas-y, Amandine.
Goûte avec nous.

– Merci, Fabrizzio !

Je prends une fourchette
en plastique et un petit plat
en papier. Je commence
par une tranche de gâteau
au beurre, à la crème
fouettée aromatisée
au café, recouvert
de fondant. Hmmm !
Mon petit papa, c'est
vraiment lui le chef
de tous les chefs pâtissiers !

Et ce Fabrizzio. Il est
gentil, ce Fabrizzio.

Puis, il se débrouille bien
en français, même s'il est
italien. Et comme il est
italien, il parle beaucoup
avec ses mains. Il paraît que
les Italiens sont comme ça.
Très expressifs. Ils ne cachent
pas leurs sentiments.

Fabrizzio tient souvent
la main de Nona. Surtout

quand il n'est pas occupé
à utiliser ses propres mains
pour manger ou… parler.
Les deux tourtereaux
ont vraiment l'air heureux
ensemble. Ça doit être ça,
le grand amour!

Quant à moi, c'est
un amour de gâteau que
je savoure.

J'ai même un peu
de crème sur le nez!

CHAPITRE 7

La tour de Pise

– *Mamma mia!* La génoise
à la mousse aux fruits
est délicieuse! s'exclame
Fabrizzio.

– Oui, vraiment délicieuse,
renchérit Nona. La ganache
au chocolat qui recouvre

ce gâteau éponge
à la crème noisette est
très bonne aussi.

– Je crois bien que j'ai
un penchant pour la pâte
d'amande... Comment la
trouves-tu, Winona?
demande Fabrizzio.

Winona! Je suis
surprise d'entendre
ce prénom. Je questionne
ma gardienne:

– Pourquoi t'appelle-t-il ainsi ?

– En italien, *Nonna* avec deux *n* signifie  « grand-mère »,

m'explique-t-elle en souriant.

– C'est pourquoi j'appelle ma future épouse par son prénom complet et non par son diminutif ! ajoute Fabrizzio.

La dégustation se poursuit
lentement mais sûrement.
Maman guide les futurs
mariés dans leur choix.
Moi, je ne parle presque
pas. Ma bouche est trop
occupée à mâchouiller!
– Combien d'invités
y aura-t-il à votre mariage?
demande maman.
Fabrizzio nous explique
que comme sa famille

est grande, il y aura
deux cents personnes
à son mariage. Beaucoup
viendront directement
d'Italie pour l'occasion !

Maman prend des notes
pendant que les fiancés
discutent. Elle fait
des calculs.

– Le gâteau comportera
au moins six étages,
voire sept, dit maman.

Il nous faudra une structure super solide, sinon ça risque de pencher…

– Comme la tour de Pise! rigole Fabrizzio.

 – Oh là là ! Si ça tombe, ce sera la catastrophe!

s'alarme aussitôt sa fiancée.

Soudain, j'imagine Nona, habillée en mariée.

Sa traîne est déchirée,

car j'ai marché dessus.

Son visage est tout rouge,

mais on le voit à peine,

puisqu'il est recouvert

de gâteau crémeux qui lui

est tombé sur la tête.

Oh non! Pas question que

ça se passe ainsi!

– Ne t'inquiète pas, Nona.

Papa, il est très fort en

pâtisserie. Il pourra même

te faire deux tours
de dix étages avec un pont
allant d'une tour à l'autre.
Et ça ne tombera pas.
Crois-moi!

   Le regard alarmé de Nona
s'efface. Elle se penche
et dépose un baiser
sur ma joue. *Smack!*
– Je suis sûre que
ma demoiselle d'honneur
a raison, murmure-t-elle.

CHAPITRE 8

Le jour J

C'est enfin le jour tant attendu. Je suis vêtue d'une robe écrue aux rubans dorés, une rose blanche piquée dans les cheveux.

Nona, la mariée, rayonne de bonheur dans sa tenue

de rêve, soyeuse et
blanche. Avec le bustier
ajusté, le décolleté en V
et la jupe évasée, sa robe
est aussi réussie que
celle du magazine !
Ses mains gantées
de dentelle tiennent
un bouquet de roses
blanches et rouges.
Et sa coiffure en chignon
me rappelle le pain

tressé qu'on vend à
la boulangerie-pâtisserie.

Fabrizzio est très élégant,
lui aussi. Il a le torse
bombé, le menton relevé
et les yeux pleins de fierté.
Nona lui susurre des mots
à l'oreille. Un large sourire
illumine aussitôt son visage
comme le soleil.

Nous sommes devant
la grande porte de

la chapelle sous un ciel bleu
et une pluie de riz blanc
et de confettis rouges.
Des flashs d'appareils photo
crépitent devant nous.

Ding ! Dong ! Ding ! Dong !
Les cloches retentissent !
Tous les invités parlent
en même temps. On entend
des cris de joie, des éclats
de rire, des mots français
mêlés à de l'italien.

L'intérieur de la chapelle, toute fleurie pour l'occasion, était plein à craquer pendant la cérémonie religieuse. Parmi les invités, il y a quelques personnes que je connais, dont certains membres de la famille de Nona et les employés de notre boulangerie-pâtisserie. Brigitte et Marion,

nos vendeuses, ainsi
qu'une apprentie pâtissière
entourent le beau monsieur
Miller, le restaurateur voisin
de notre boutique.
Oui, il est là, lui aussi.

Semblable à un grand tournesol doré entouré d'abeilles bourdonnantes.

Maman et papa ne sont pas très loin. Sourire aux lèvres, ils se tiennent la main. Moi aussi, je suis ravie. Et, fidèle à mon habitude, comme à la boulangerie-pâtisserie, je souris tout le temps. C'est la première fois

que je suis demoiselle
d'honneur. J'en savoure
chaque instant, comme
une nouvelle recette
de cuisine réussie.
Je suis soulagée d'avoir
bien joué mon rôle
pendant la cérémonie.
Je n'ai pas fait
de bêtises
du tout.

Puis, il y a Enzo.

Enzo, le neveu de Fabrizzio.

Le garçon d'honneur.

Le porteur d'alliances.

Lui aussi, il s'est très

bien débrouillé pendant

la cérémonie. Pourtant,

il n'a fait qu'une répétition.

C'est qu'il venait d'arriver

d'Italie, il y a deux jours

seulement.

Il ne m'a pas vraiment

parlé, Enzo. En tout cas,

il ne m'a pas dit des mots.

Mais il m'a regardée.

Il m'a parlé avec ses yeux.

Trois fois. Une fois alors

qu'il venait tout juste

de remettre les bagues

aux mariés sur un coussin

satiné. Une autre fois

pendant la quête. Et

une troisième fois à la sortie

de la chapelle. Cette fois-là,

il m'a même souri.

Un sourire qui a fait
étinceler ses yeux couleur
caramel.

J'ai le cœur léger.
J'ai des ailes dans le dos.
Si j'étais un papillon,
je m'envolerais. Là, tout
de suite. Jusqu'en haut
du clocher de la chapelle.

Quelle fête splendide!

CHAPITRE 9

Le repas
de noces

Des jets d'eau jaillissent
d'une fontaine au milieu
d'un énorme bassin. C'est
ainsi que l'hôtel accueille
les invités à la soirée
nuptiale. Quel bel endroit!

Quand on fait son entrée dans la salle de réception, une table disposée sur une estrade attire le regard de tous les invités. Sur la table, des coupes de champagne en cristal forment deux grandes pyramides. Au milieu de ces pyramides brillantes, le chef-d'œuvre confectionné par papa trône majestueusement.

C'est un gâteau éponge
aromatisé à la fleur
d'oranger et recouvert
de pâte d'amande. Il est
tout de travers, le gâteau.
Mais c'est fait exprès!
Il s'appelle *La tour penchée
de Pise,* en l'honneur du
célèbre monument italien.

De ma place, j'aperçois
plusieurs personnes
qui félicitent papa pour

son beau travail. Je suis
attablée avec d'autres
enfants. Ils sont tous italiens.
Enzo est près de moi.
Avec son petit frère Marco.

Des serveurs en costume-
cravate arrivent dans la salle
avec de grands plateaux. De
la vapeur s'en échappe.
Qu'est-ce que j'ai faim !

On pose un mets chaud
devant moi. C'est du bon

risotto. Paupières closes,
j'inspire profondément.
Mon nez détecte le beurre,
l'ail et le persil. Ça sent
le paradis des Italiens!

J'ouvre mes yeux.
Les autres enfants rigolent
en me regardant. Je me
sens tout à coup timide.

– *Tou* aimes les plats
italiens? me demande
Enzo.

– Hmm-hmm, je réponds
en faisant oui de la tête.
J'aime les Italiens… euh…
je veux dire les plats italiens.

Les yeux d'Enzo pétillent,
ses mains s'envolent :
– *Buon appetito,*
Amandine !

 À côté de moi,
Marco, le frérot,
fait le rigolo.
Il tape

sa fourchette contre
sa cuillère. Mais ça casse
les oreilles! Enzo essaie de
le faire manger. Sans succès.

   Ting-ting-ting! Je me
retourne pour voir d'où
provient ce son. Un gros
monsieur s'est levé et
s'adresse à Nona   *Ting-ting-ting!*
et à Fabrizzio en italien.
Les grandes personnes sont
maintenant silencieuses

dans la salle. Tout le monde
l'écoute.

Après quelques secondes,
je m'ennuie. Je ne
comprends pas cette langue
étrangère. Le discours
du monsieur me paraît
sans fin. Je plonge
ma fourchette *Miam ! Miam !*
dans mon délicieux risotto
qui refroidit vite.

Le siège à ma droite est vide. Hé ! Marco a disparu ! Enzo, qui fixe le gros monsieur, ne s'en est pas aperçu.

Psst…

– Psst… Enzo, je chuchote. Où est Marco ?

Psst…

Alarmé, Enzo scrute les parages. Soudain, il devient tout pâle. Puis, il s'élance en direction de la fontaine. Je vois le petit

Marco. Il a grimpé sur
le rebord du bassin d'eau.
Il va tomber dedans !

CHAPITRE 10

Les bêtises d'un petit garçon

Vas-y, Enzo! Le garçon
d'honneur fonce vers
la fontaine à grands pas.
Il étire son bras... et
il attrape Marco. Sauvé!

Mais le petit se débat.
Il s'agite tellement
qu'il réussit à s'échapper
des bras de son frère aîné.
Enzo perd l'équilibre.
Il tombe dans le bassin !

J'entends un léger *plouf*.
Oh là là ! Enzo est tout
mouillé !   Oh là là !

Je n'en crois pas
mes yeux. Mais, à part moi,
personne n'a rien remarqué.

Derrière moi, le long *Blabla*

discours du gros monsieur

n'en finit pas. *Blablabla*

   Soudain, je réalise

que Marco a encore

disparu. Quel cauchemar!

Un mouvement attire

mon attention. C'est lui!

Là-bas. Il se glisse sous

une nappe. Les gens attablés

ne se rendent même pas

compte qu'un enfant est

à leurs pieds. Et voilà Marco
qui ressort de l'autre côté.

Oh non! Il est maintenant
très proche de l'estrade.

 Il va y aller, j'en
suis persuadée.
S'il tire
sur la nappe,
les pyramides
de coupes

et la pièce montée
s'écraseront par terre!

Sans perdre un instant,
je démarre à la vitesse
de l'éclair. Je me faufile
entre les tables. Vite ! Vite !
Vite !

Le gros monsieur
a brusquement cessé
son monologue.
Puis, quelqu'un hurle :
– Regardez! Le petit
est là-haut!

Une vague de choc
parcourt la salle.

Tous les yeux sont braqués
sur Marco qui se trouve
maintenant sur l'estrade.
– Oh non ! Le gâteau !
crie une voix en détresse.

C'est celle de Nona,
la mariée, ma gardienne
adorée.

Je cours. Je vole. J'arrête
Marco juste avant qu'il
s'accroche à la nappe.
Le garçonnet pousse

des cris et me donne

des coups de pied.

Mais je le tiens fermement.

   Les parents de Marco

sont là, à côté de moi.

Ils s'occupent de leur enfant.

   Oups! Ma belle robe

est toute sale maintenant.

Heureusement, derrière moi,

la tour penchée de Pise

et les pyramides de cristal

sont intactes. Fiou!

Dans la salle, c'est
le silence complet.
Puis, j'entends   Clap! Clap!
des applaudissements   Clap!
du côté de la table
des mariés. Fabrizzio
et Nona sont debout.
Soulagés, ils me font
des sourires remplis
de gratitude.   Clap! Clap!
– *Bravo!* approuve   Clap!
Fabrizzio.

– Merci, ma grande !
s'exclame Nona.

Maintenant, tous

les invités m'applaudissent :

– C'est la demoiselle

d'honneur !

– *Che bella bambina !*

– Magnifique !

– C'est la fille du pâtissier !

– *Bellissima !*

– C'est notre Amandine !

Je tiens les côtés

de ma robe et je m'incline

sur l'estrade comme à la fin

d'un spectacle.

Je jette un coup d'œil près

de la fontaine. Je vois Enzo.

L'eau dégouline

de son beau costume

de garçon d'honneur.

Il me sourit quand même.

Il me félicite en me faisant

un signe avec son pouce.

CHAPITRE 11

Le trousseau

Il est minuit passé. Je me
glisse sous ma couette,
heureuse et fatiguée.
Maman me complimente :
– Tu as été parfaite,
ma chouette. La meilleure

demoiselle d'honneur

de la planète.

Et maintenant, dors bien.

– Maman ?

– Oui ?

– Et si demain

on commençait un petit

trousseau pour moi ?

Silence. Le regard

de maman se pose

sur ma table de chevet. À

côté de mon réveille-matin,

j'ai placé une rose rouge

dans un petit verre d'eau.

C'est la fleur qui ornait

la boutonnière du costume

d'Enzo. Avant de me dire

au revoir, il me l'a offerte.

Et en retour, je lui ai donné

la rose blanche qui

embellissait mes cheveux.

Tout à coup, maman

éclate de rire. Elle rit

tellement qu'elle se plie

en deux.

Lorsqu'elle retrouve

son calme, elle me dit :

– C'était une journée

remplie d'émotions,

n'est-ce pas ?

Je hoche la tête.

Maman s'apprête à sortir
de ma chambre.

Elle se retourne, embrasse

la paume de sa main

et me souffle un dernier

baiser avant d'éteindre

la lumière.

– Bonne nuit, Amandine.

– Bonne nuit, maman.

Diya Lim

Diya a grandi à l'île Maurice dans l'océan Indien. Son chemin l'a ensuite menée en France, où elle a développé son amour pour la langue française, mais aussi… la cuisine! Vivant désormais au Canada, où elle travaille comme réviseure et traductrice, elle remporte le prix littéraire Henriette-Major 2011 pour *Amandine adore la cuisine!*

Enfant, Diya avait une gardienne qui lui faisait de belles robes sur mesure. Quand elle a imaginé *Amandine - Le gâteau de mariage*, elle pensait à sa gardienne-couturière, mais aussi à l'organisation de son propre mariage, il y a bien longtemps!

Aimant confectionner et décorer des gâteaux, et faisant de la couture de temps en temps, l'auteure a décidé de réunir ces deux sujets dans ce joli roman sucré, à déguster comme un gâteau éponge aromatisé à la fleur d'oranger!

Visite notre site Internet pour en savoir plus sur nos auteurs, nos illustrateurs et nos collections: **dominiqueetcompagnie.com**

Amandine adore la cuisine !

C'est moi, Amandine !
Un jour, je l'espère, je serai cuisinière,
et même boulangère-pâtissière !
Seulement voilà. J'ai un petit problème.
Comme mes parents me le répètent
souvent, ce n'est pas suffisant d'avoir
du talent. Il faut aussi bien connaître
ses mathématiques…
Heureusement, j'ai une solution !

Amandine
adore la galette des Rois !

C'est moi, Amandine !
J'aime aider mes parents qui sont
boulangers-pâtissiers. J'adore aller
dans notre boutique familiale.
Sentir le parfum du bon pain,
du caramel, des tartelettes…
Pour la fête des Rois, on attend
une de nos vedettes :
la plus célèbre des galettes !

Recette du
gâteau éponge aux fruits

- 6 œufs
- 1 tasse de farine pour gâteaux et pâtisseries
- ¼ cuillère à thé de poudre à lever
- ¼ cuillère à thé de sel
- 1 tasse de sucre granulé

- 1 cuillère à thé d'extrait de vanille
- 2 cuillères à thé d'eau
- 1 cuillère à soupe de sucre glace
- 2 tasses de fruits des bois (fraises, framboises, bleuets)
- 1 moule à charnière amovible

1. Sépare les jaunes et les blancs d'œufs.
2. Mets les jaunes d'œufs dans un grand bol et recouvre avec une pellicule en plastique.
3. Mets les blancs d'œufs dans un autre grand bol et recouvre aussi avec une pellicule en plastique.
4. Laisse reposer le tout à température ambiante pendant 30 minutes.

Mélange 1

1. Tamise la farine.
2. Ajoute la poudre à lever et le sel.
3. Divise ce mélange sec en trois parties, en les mettant dans trois petits bols.

Réserve pour plus tard.

Mélange 2

1. À l'aide d'un mixeur électrique, bats les jaunes d'œufs et ⅔ tasse de sucre granulé pendant 5 minutes à vitesse moyenne.
2. Le mélange s'épaissira et sa couleur jaune pâlira.
3. Arrête le mixeur et ajoute l'extrait de vanille et l'eau.
4. Recommence à battre ce mélange pendant encore 1 minute à vitesse moyenne.

Réserve pour plus tard.

Mélange 3

1. Lave le fouet du mixeur, puis bats les blancs d'œufs en neige à vitesse moyenne à rapide.

2. Ajoute 1/3 de tasse de sucre granulé, en incorporant une cuillerée à soupe à la fois toutes les 2 secondes.

3. Arrête le mixeur une fois que le mélange est luisant et que les pointes qui se sont formées retombent sur elles-mêmes comme les pointes d'une meringue.

---

1. Dans le grand bol qui contient le mélange 2 (les jaunes d'œufs), incorpore le mélange 1 (la farine divisée en trois), un petit bol à la fois, à l'aide d'une cuillère en bois.

2. Ajoutes-y le mélange 3 (les blancs d'œufs) en trois fois, délicatement, pour ne pas briser les blancs d'œufs en neige.

3. Verse le tout dans un moule non beurré.

4. Fais cuire de 28 à 32 minutes dans un four préchauffé à 180 °C ou 350 °F jusqu'à ce que le gâteau soit doré, en surveillant la cuisson.

L'adulte qui t'accompagne peut faire ce qui suit :

1. Vérifier si la cuisson est terminée en enfonçant un cure-dents dans le gâteau : celui-ci doit en ressortir propre.

2. Renverser deux tasses vides sur le comptoir de la cuisine et disposer dessus le moule chaud avec le gâteau dedans à l'envers afin de le laisser refroidir.

Une heure plus tard, démoule le gâteau en utilisant une spatule au besoin pour le décoller du bord. Saupoudre la surface du gâteau avec du sucre glace. Décore avec les fruits.

Bon appétit !

**Catalogage avant publication de
Bibliothèque et Archives nationales
du Québec et Bibliothèque
et Archives Canada**

Lim, Diya, 1973-

Amandine: Le gâteau de mariage
(Collection Grand roman lime)
Pour enfants de 7 ans et plus.

ISBN 978-2-89686-769-1

I. Kote, Geneviève. II. Titre.

PS8623.I47A822 2014   jC843'.6
C2013-942330-3
PS9623.I47A822 2014

Direction littéraire et artistique:
Agnès Huguet
Correction et révision:
Céline Vangheluwe
Conception graphique:
Nancy Jacques

Dépôt légal: 1er trimestre 2014
Bibliothèque et Archives
nationales du Québec
Bibliothèque et Archives Canada

Dominique et compagnie
300, rue Arran
Saint-Lambert (Québec) J4R 1K5
Téléphone: 514 875-0327
Télécopieur: 450 672-5448
Courriel: dominiqueetcompagnie
@editionsheritage.com
www.dominiqueetcompagnie.com

Imprimé au Canada

Nous reconnaissons l'aide financière
du gouvernement du Canada
par l'entremise du Fonds du livre
du Canada et du Conseil des Arts
du Canada.

Nous reconnaissons l'aide financière
du gouvernement du Québec
par l'entremise du Programme
de crédit d'impôt – SODEC –
Programme d'aide à l'édition
de livres.

Achevé d'imprimer en janvier 2014
sur les presses de Imprimerie Payette & Simms inc.
à Saint-Lambert (Québec)